"Mis Vicios" autor Rodolfo May

A Julie, con amor ya que verdaderamente si no estuvieras, sería un hombre sin alegría, e agradezco que me dejes amarte y tener este propósito de buscar ser mejor gracias a ti.
Eres mi norte y sé que Dios te mandó, lo confirmo cada día que estamos juntos.

Te amo
                Rodolfo May N.

Todos se ríen de mi porque dicen que soy diferente…
y yo me rio porque yo digo que todos ellos son iguales.

NOTA; toda la obra pictórica que aparece dentro de este libro es creación de Rodolfo C. A, May Navarro

# Prólogo

## ¿Escribes?

Un buen amigo me preguntó: "¿escribes?", y la verdad es una necesidad para mí el hacerlo, y contesté: "En las últimas dos semanas no he estado de humor, pero sé que tengo el talento de expresar mi forma de pensar; sé que otros se ponen el saco y se logra el contacto de mi vida en la suya; este es pues mi llamado para hacerlo es el talento que Dios me dio, no debo desperdiciarlo.

Trabajo todo el día, posteriormente voy al club y llego cansado para no pensar en lo que me atormenta. Aquí es donde el diablo actúa para que no escriba, pero debo dedicar al menos una hora al día poniendo mis cosas en el espacio de una página, con el reto de llenarla de verdades y fantasías de mi propio ser. Ya veré qué es ese paso constante al día en el que describo mi sentir en un momento e instante propio el cual reclamo como solo mío. Ya vendrán nuevas inspiraciones y experiencias que marquen mi evolución.

Mi ánimo en estos días nublados no ayuda. Es un portento que estas líneas lleguen a existir, pero el ave de mis ideas comienza a despegar, es un vuelo inevitable del encuentro con esta magia de dar a las letras el sentido de oraciones que van demostrando el encanto de pintar el lienzo de la hoja blanca con ideas y sentimientos.

Angelita divina, inspírame para que mi escrito tenga éxito y logre decir algo más que sólo palabras. Busco dar más que letra muerta, sé cómo dar luz a una placenta de ilusión, ritmo, poesía y algoritmos sentimentales que despierten al máximo las pasiones en la piel de cualquiera que se ponga como traje esta página desnuda por la inspiración divina. Gracias por darme el poder de escribir estas líneas. Me pensé muerto, pero si esto está en oraciones, no la pasaré tan mal en maldiciones de poeta en esta vida de risas y es el perfecto reflejo de que me siento vivo…

Rodolfo May N.

**Te escribo**

Hoy decidí escribirte,
estás cercano, sin embargo, no te conozco,
pero es una misiva que debo hacer,
¡sí!, la debo redactar porque si no reviento!...

Reviento en prosa, rima y puntos suspensivos,
explotó en letras y en interrogaciones,
debo poner la pluma a trabajar
y dar mi interior y por ello te escribo.

¡Me gusta mucho escribir y cuando suelto la pluma
cualquier cosa puede pasar en el papel!
Son mis moralejas de vida,
mis ratos de amor y locura en tinta...

Esos que plasmó en mi página en blanco...
Son tus ojos el pretexto
o mi corazón en mancipado,
todo tiene que ver con que te escribo...

Si, te escribo porqué me lees...
Te escribo porque tú me entiendes ...
Te escribo porqué me leo viéndome en ti,
 y gracias a Dios tú me lees.

**Índice Catálogo de poemas y pensamientos**
Dedicatoria
Prologo .................................................................................................... 1
Te escribo ............................................................................................... 2
Índice Catalogo ...................................................................................... 3
Qué es la poesía ..................................................................................... 5
El Juicio de Ser ...................................................................................... 6
Preguntas ¿quién soy?............................................................................ 7
Sembrando ............................................................................................. 8
Anillos .................................................................................................... 8
Déjame ................................................................................................... 9
A mi Padre ........................................................................................... 10
¡Señores silencio! ................................................................................. 12
Amalia .................................................................................................. 13
Habitas mis silencios ........................................................................... 15
Lo Finito de la Existencia ................................................................... 16
Arte en dar tiempo .............................................................................. 17
Vives en mí .......................................................................................... 18
Barro fresco ......................................................................................... 19
La Reina del Puente ............................................................................ 21
Desde ese instante ............................................................................... 22
Somos el mejor poema ....................................................................... 23
Los regalos del Vino ........................................................................... 24
Los Cuatro Elementos ........................................................................ 26
El Sobreviviente .................................................................................. 27
Con que te puedes meter en mi vida… ............................................ 29
¿Qué es el amor? ................................................................................. 29
Tener Fe ............................................................................................... 30
Manos con intención .......................................................................... 31
¡Gracias Amor! .................................................................................... 33
Extraño tu olor en mi cama… ........................................................... 33
Marcar la diferencia ............................................................................ 34
Ojos Miel ............................................................................................. 34
Hoy ....................................................................................................... 35
¡El amor construye! ............................................................................ 35
En mi paso ........................................................................................... 36
Fantasmas de la calle .......................................................................... 38
María de rosas ..................................................................................... 39
La vida .................................................................................................. 39
En busca de la Venus Moderna ......................................................... 40
Hoy tengo ganas de tenerte ............................................................... 41
Me gusta tu pelo suelto ...................................................................... 42
"La Mascada" ....................................................................................... 44
Origen… .............................................................................................. 45
Yo amo… ............................................................................................ 46
La cita de la Ficha y el Vino ............................................................... 47
La Amistad .......................................................................................... 49

| | |
|---|---|
| Es fácil enamorarse de ti | 50 |
| Tradición | 50 |
| La Nave y el Mar | 52 |
| Lo que nos arrebata la vida | 54 |
| Se solicitan almas buenas… | 55 |
| Navegar sin rumbo | 56 |
| Levantarse | 57 |
| El principio | 58 |
| Algo nuevo | 58 |
| Las Guerras de Hoy | 59 |
| Cuando duele el alma | 60 |
| Somos como todos | 60 |
| Si antes me voy | 61 |
| No despertar jamás | 62 |
| Transparencia | 62 |
| Esa madrugada del domingo 16 de septiembre de 1810 | 63 |
| Tu caricia de viento | 64 |
| Albedrio | 65 |
| El dolor robado | 67 |
| Desde la Caída | 68 |
| Amistad | 68 |
| Recuerdos Mágicos | 69 |
| Ganar la discusión | 70 |
| Manos de antifaz. | 71 |
| Lo sencillo de ti | 72 |
| El festín de la vida | 74 |
| ¡Lo que no sé y lo que sí sé! | 76 |
| ¡Sí! | 77 |
| La virtud de cerrar círculos | 78 |
| Descripción del libro y su autor | 79 |

**Qué es la poesía**

La poesía saca lo que verdaderamente sentimos y hacemos sentir a los demás por este sublime medio de expresar nuestras emociones con un ritmo que se pone acorde al ambiente de manera natural. La poesía es belleza consolidada de lo mejor que puede hacer un ser humano o ser testigo de ello despertando la sensibilidad de cada uno. Es el mejor lenguaje escrito, expresado y sensible con el que podemos expresar nuestro repudio, dolor, decepción, esperanza y amor a la vida. Así reflejamos nuestra imaginación o cotidianidad cruda siendo el testigo más fiel de la forma en que vemos las cosas en nuestra existencia. Esta será una herencia que, en siglos venideros, pues esas palabras en un papel podrán mover fibras en aquel espectador del futuro que las sienta y las entienda en lo inmutable y etéreo del mundo de las ideas de lo que somos.

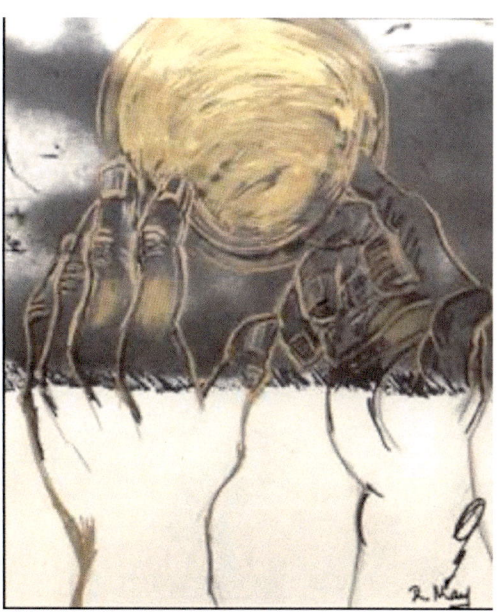

"El Mago" de Rodolfo May

**El Juicio de Ser**
El juicio de ser… y de estar,
paradoja de cumplir… o existir,
contradicción de lo urgente y lo importante.
Adversarios de lo que es, o de lo que fue vigente.

Ser teniendo o no ser por no tener,
cumplir y ser correcto sin ganar
o ganar a la mala sobre los demás,
referencia de bueno o malo en comunidad.

Temple de acero o sensible
escoger frío o cálido en el trato,
ser llevado o tentar haciendo el destino
en lo propio y/o lo de los demás.

Las creencias en lo ateo contra lo religioso;
filosofía de fanático o existencialista.
Vivir como bohemio o de revista:
sexo bajo tu cintura…eres gay o buga.

Decidir tener o viajar,
por un camino u otro andar.
Es dejar…, o que nos dejen.
Señalar…, o que nos señalen.

Temor en equivocarse en el emprender.
Decidir… entre algo o alguien.
Ver nuestra causa de lucha en problemas,
cuando el enemigo empieza a tener razón.

Sólo involucrarse o comprometerse totalmente:
Dudas de pasos dados, que la vida pone.
Decisiones diarias de impacto futuro
y que en su tiempo se resolverán... ¿o no?

## Preguntas ¿quién soy?

No soy nadie ni
merezco sensibilidad,
ni compasión… soy despreciable;
porque no soy adorador del dios dinero
ni del seguro provincial de sometimiento de la zona del confort;
Por eso soy aventura soy sexy e indomable,
soy buscador de cariño igual no dado...
Soy viento y que transmutó en bondad al amar,
confiable amigo y mal enemigo por a todos amar.
Como negar mi imperdonable pasión por perdonar
y amar a quien el camino ponga...
Qué difícil ser cruel con quien
por compasión no puedo rechazar,
señor juez dígame que soy culpable en eso
y amo de todo en mi pasión por no dejar a nadie atrás...
Todos dicen estupidez mía
pero creo que es mi forma de vivir en esta tierra
que me hizo para amar!!!!
Yo soy alguien que cree en la gente
y soy inspiración de un mejor mañana
para dar felicidad a quien te rodea.
Calma de buena escucha...
Sigilo en tu secreto,
Cambio en tu necesidad...
Soy tuyo si así decides;
Propicio al bien estar...
Déjame caminar contigo
y ser pareja de buena aventura,
Ser camino en ti
y escucha en aprender tu senda...
Soy crítica de humanidad,
Soy expresión de mi tiempo,
Escucha y escriba de nuestro compartir
y suceso en amor de nuestros momentos.

**Sembrando**

Sembrar pasos en sendas,
cultivar las letras y enseñar de ellas,
en crecer la virtud en ser mejor.
¡Hoy es el mejor día!
cosechadlo como el último,
Vivir el día es la siembra
del ayer de nuestro presente.
Tu estancia en este mundo
será medida en acciones
y no en el reloj de la estadía,
es lo que sembraste lo perdurable…
Sembrando sonrisas,
heredar nuestros pensamientos
cultivando nuestros mejores sentimientos
es semilla de momentos en la memoria…
Es lo mejor de tu ser en un hoy afortunado.

**Anillos**

La argolla en mi dedo es inspiración de respeto,
al dar honor, devoción y nobleza,
en el aura de semejanza a nuestro creador
por lo increíblemente infinito de nuestro amor.

Es símbolo eterno de sincero compromiso en esperanza diaria para
compartir y dar, clara señal de la promesa de amor,
de gran conquista sin principio ni final.

Hoy el amor es un acto de fe para vivir uno del otro, unión
voluntaria para dar lo mejor de los dos,
el choque de argollas al juntar las manos
es el vivo recordatorio de lo enamorado que estamos.

Al portar mi anillo siento una esclavitud cómoda,
y al colocarlo, la felicidad orgullosa se me desborda, me recuerda
esa argolla en mi mano que el infinito tiene vida…
pues existe a tu lado.

**Déjame…**

Déjame buscarte entre los campos
y voltear tu cabeza en giros de amor,
 dame permiso de enamorarte
y tentarte con este virus del amor…
déjame soñarte y buscar tu voz más intima
en viajes de ternura y pasión.

Déjame verte desnuda en tu alma bella,
y permíteme hacerte el amor,
déjame entrar en tu mundo
y ser uno contigo bonita.
Quiero explorar tu cabello
y ser tu ángel de cabecera…

Déjame tocar tu alma
en algo que tú no esperas;
quiero besarte a solas
y conquistar tu corazón…

Déjame poner pasión en tu mente
regalándote lo mejor que yo soy…
dame permiso de entrar y amarte mujer,
aunque sólo sea el día de hoy.

**A mi Padre**

Incansable luchador,
eres todo un ejemplo,
anuncio ardiente de ambición
y deseo para mí.

Gracias, querido Papá,
por tu gran amor
que es invaluable, limpio y puro,
que sin duda siempre me brindaste.

Dignidad y orgullo
al aprender mi apellido
al que bebo defender
con recuerdo de amor a ti.

Me educaste creyente
en un solo Dios,
en la honestidad y justicia;
pues el arreglo está en el amor.

Gracias, querido Papá,
por heredarme tu nombre,
tus valores
y todo lo que soy.

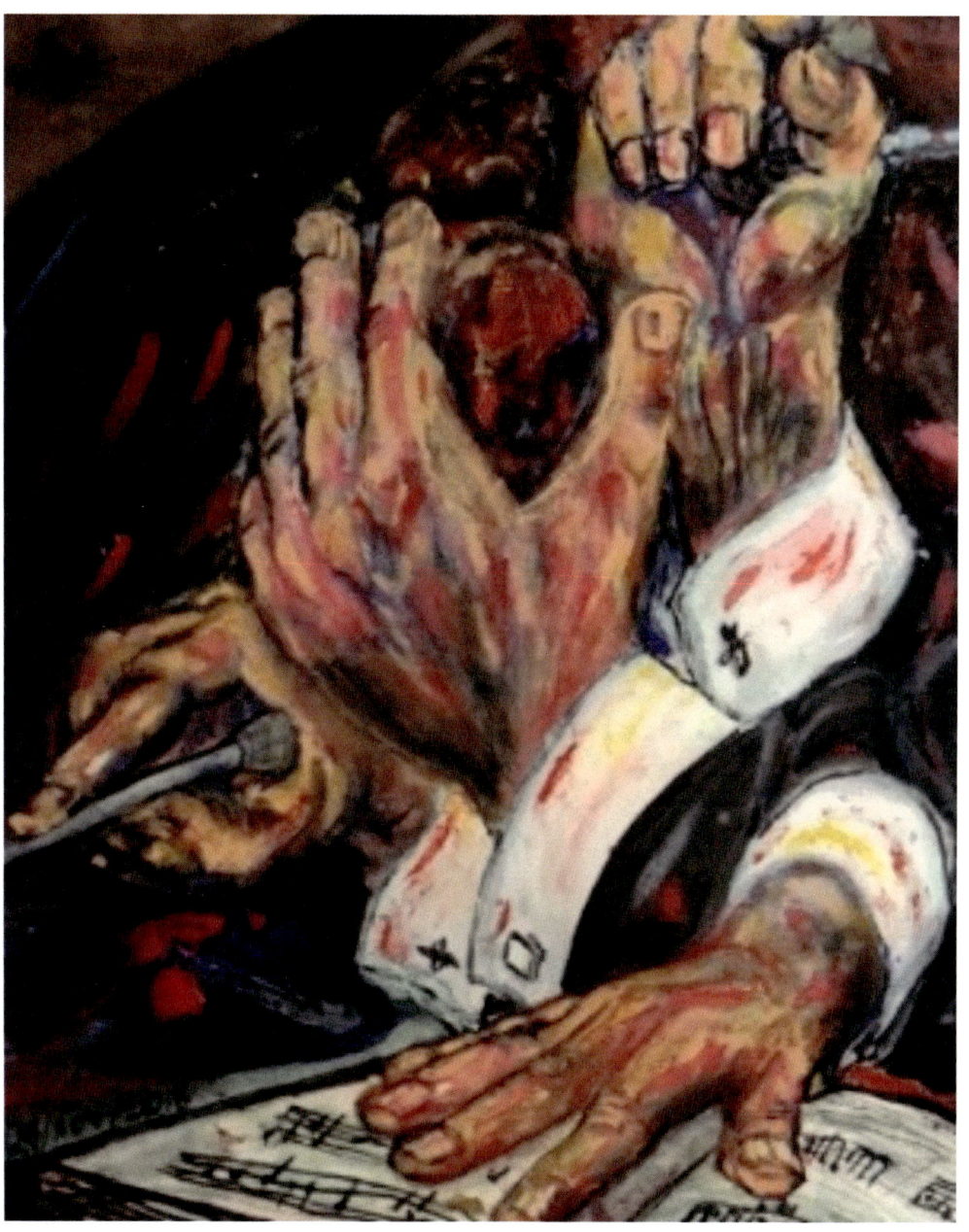

Detalle de "Dirigiendo la rapsodia en Azul de Rodolfo May

Camino y poesía de Rodolfo May

**¡Señores silencio!**

¡Señores, silencio! ...
Para ser un verdadero caballero no se requiere más que verdad,
¡Si señores!
Verdad de pensamiento y obra,
genialidad en la discordia
y un código de templanza de caballero...
¡Ahí se ve honor en su sepa!
Y cordura de pensamiento,
¡Que, como el viento, a todos convenza de que existe!
¡¡Si señores!!
Es verdad la confianza en palabra, honrando está en la acción de hacer tu verdad.
¡Si señores!,
¡No hay más que ser caballero!, no hay más que ser fiel a sus principios y no permitir injusticia alguna a su rededor...
¡En esto lo fundamental de nuestro código!
¡Las damas primero!, eso es nuestra eterna función,
¡Por ellas el ser de nuestra existencia!
¡Por las madres que son guías en nuestras conciencias!
¡Por ellas nuestra tradición!
¡Por ellas nuestra casa y origen!
De ahí las reglas no escritas para nuestro proceder en nuestro camino del deben.
¡Señores Silencio!
¡Qué en decir unas palabras de aliento y cariño no se pierde la hombría,
y al tener claridad en decirlas uno enseña valor, poder y gallardía...
Hoy somos caballeros en defensa de lo mejor que tenemos,
somos eso qué da un ancla a lo mejor de la humanidad...
y que no exista pretexto del no saber amar,
Si los caprichos solo están en el dar...
Tener puesta la mentada, ahí surge el temple y cordialidad que es la elegancia del vivir defendiendo lo que mejor uno es...
Paciencia en compartir el jerez ¡y si!, ¡silencio, caballeros! que le existir depende de nosotros.
Hidalgos de la buena ventura previsores del proteger...
En nuestra escénica capacidad de entender
y regocijo en nuestro renacer de entendimiento y aceptación...
¡Silencio señores!
¡¡¡Que un caballero está en la sala y con ello un hombre de bien!!

**Amalia**
Amalia te atreves a vivir,
sin respeto al qué dirán
nos enseñas a compartir…
y también a amar.

Eres Juana de Arco y esgrimes al tiempo,
burlándote de él a tu favor,
usándolo … finges que no existe.
Amalia impones tu tendencia, anfitriona sin igual,
haces tus reglas y a quien sea conquistarás.

Nos enseñas a vivir el momento…
 como si fuera el último,
vives intensamente tu tiempo,
ya que en ti es dogma de fe.

Amalia, eres muy sabia
porque sabes escuchar,
estás siempre aprendiendo
y no te quedas callada.

Retas siempre al destino,
te viene bien la edad;
como los buenos vinos…
mejor con el tiempo estás.

Amalia eres mujer,
té convertiste en madre,
eres Mayis la hija
y sobre todo muy señora.

¡Elegante! Te atreves a soñar,
 Convives y crees en la gente,
 amas la arquitectura, la música, en fin, …
el arte del rancio abolengo.

Amalia la amante de los toros,
 eres belleza imprudente,
que irrumpes en cualquier reunión;
te viene el garbo de linaje,

Feliz lectora de vicio…
¡la de lo nuevo!,
 mi vida cambia al verte;
cuando estás a mi lado es mi suerte,
ya que es una aventura tu vivir a diario.

"Las manos de Amalia" de Rodolfo May

**Habitas mis silencios**

Vives en mis silencios,
en mi existencia marcaste mi camino
en mis aciertos y mis desatinos
me mostraste como elegir camino.

¡Si, mi bella señora!
En mis silencios te platico…
pensamientos en mi vivir diario,
en estos momentos de mis días sin ti.

Qué necesidad de hablarte,
mi urgencia de que estés aquí…
son tristes mis días en pláticas en silencio
y claro que tu partida siempre duele.

Tus pasiones y arraigos las heredo,
las continuo y enseño a quien sigue cual ritual,
eso que me dejas de mis costumbres,
educación y principios del hacer lo correcto.

En mis silencios que habitas…
la buena sepa que sembraste sale,
con todo y tu ausencia en mi presente
y sin embargo la gente te ve en esas rosas de mi camino.

Vives en mi silencio de pensamientos profundos,
estás en esa reflexión de lo nuestro,
en pensar todo lo que hiciste en vida
en ese desenfrenado amor en dar.

Estaré siempre en deuda contigo,
Mujer que me diste la vida,
procuraste con cuidado mi andar,
entendiste y apoyaste mi sentir.

En momentos te siento tan cerca…
Son esas mis platicas en silencio contigo,
esas en las que busco tu opinión y concejo,
¿qué hubieras hecho o dicho? en mi circunstancia.

Gracias por enseñarme a vivir…
Por darme paz en tu ausencia,
en dar esperanza y amor ilimitado…
Gracias por habitar mis silencios.

**Lo Finito de la Existencia**

Me cuesta trabajo aceptar
esta terrible realidad que me lleva en el devenir
y de la que algún día
me tendré que ir.

Es difícil concebir que todo tiene un final,
que lo que somos ya existió,
que cada segundo se perdió,
que nuestro estar en esta vida es finito.

No me cabe en la cabeza
que los que se fueron
con gran tristeza
jamás los veremos.

Que se nos van terminando
las articulaciones
la visión, el oído,
nuestro caminar sano.

Que la vida se nos va…
la sorpresa de nacer
y esa certeza que es la muerte
en este pasar sin descanso.

No nos fijamos que los años
son preciadas gotas escapándosenos;
en días, horas, minutos y segundos
de una efímera casualidad de la existencia.

**Arte en dar tiempo**

En lo duro que la vida te golpea con experiencias difíciles siempre aprendemos algo de todo esto…
En el cierre de una época, la nostalgia constante regresa a esa etapa que a veces idealizamos;
El término de un ciclo de vida como una relación, una amistad, finalizar una carrera o la muerte de alguien cercano, lleva su tiempo aceptarlo, sobrevivir este naufragio de pasiones, experiencias y amores que al final soltamos en nuestra vía.
Cómo todos en estas circunstancias necesitamos tiempo para sanar, para entender, tiempo para perdonar a unos a otros y a sí mismos, es buscar estabilidad triste, pero al fin equilibrio para empezar de nuevo una nueva historia o un nuevo capítulo.
Todo lo que vemos es el presente que es resultado de un pasado, necesario el tiempo de reflexión en estos cambios de lo que construimos ayer para ser hoy viviendo en lo que nos hará el mañana que fundamos constantemente en este paso diario.
¡Tiempo para pensar de dónde venimos, tiempo para entender lo que aprendimos y disfrutar el hoy para apreciarlo en un mañana incierto!

"Jazz" de Rodolfo May

**Vives en mí**

El recuerdo de tu voz,
el retrato de tus ideales…
el tatuaje de tu amor,
esencias que están pegadas a mí.

Estás en la herencia que no pedí,
te encuentras en las manos de mí que hacer,
te veo por doquier…
y sigues viviendo en mí.

En mi forma de andar
sin estar presente te encuentran,
en el camino te reconocen
en el momento que me saludan.

Las palabras salen de mi boca
y son frases de tus sonidos
 que tocan mi mente
en muchas ocasiones repetidas.

El reto de emular tu ser…
en mis infantiles recuerdos lo intenté;
hoy sé que no hay dos iguales
y sin embargo vives en mí.

Te tengo tan presente…
desde niño eres mi héroe,
de adolescente no te entendí,
hoy que soy adulto te extraño.

Me hubiese gustado platicarte hoy;
que vieras que sembraste bien,
que conocieras de quien me enamoré
y que estés tranquilo… porque lo logré.

Decirte que tus principios los tengo,
comentarte mis diarios retos,
esos momentos de gloria que conservo,
y que, sobre todo, te recuerdo con amor.

**Barro fresco**

El origen se nos pega en afectos frescos,
en arrojos de barro que se secan en nuestra faz
y poco a poco, por falta de humedad,
en trozos se caen como años en el pasar.
En todas las vidas se va desprendiendo barro al secarse;
años que se nos van por falta de fuerza natural,
días sin frescura de gotas que los retengan,
partiéndose como tierra seca deslizándose en mis dedos.
Ese lodo divino nos da vida al nacer,
siempre hay que ensuciarse para aprender
que la vida nos lleva mientras sea ese barro fresco
lo que sorprende en el agua clara de carcajadas.
¡Ensúciame mujer en barro fresco!...
dame, hijos del buen querer,
pues cuando me convierta en tierra,
otros apreciarán nuestra buena vida
en frutos que nuestra humedad dejó
complacientes del tiempo…
herencia de nuestro sabor.

"Bailando entre abanicos" de Rodolfo May

**La Reina del Puente**

En un crucero de calles
de una ciudad cualquiera,
acero y concreto monumental…
¡como esta!

Me dicen que vive una niña,
Reina pequeña y risueña,
de tantas historias
de una reina de cuento de la calle.

¿Dónde está la reina de este crucero
que pinta sus ilusiones por las banquetas?
Con crayón en su mano deja su alma
y en envolturas de papel sus ilusiones.

¿Dónde está la reina
que convirtió el espacio de concreto,
debajo de este puente
en un castillo de cuento de la calle?

Hoy estoy buscándola otra vez
a la reina de este puente hecho castillo
y se vuelven angustia las preguntas,
y se vuelve dolor tanta inconsciencia.

¿Acaso fue raptada o vendida,
 acaso fue violada su inocencia?
Es otra historia tan perdida
en esta inmensidad de indiferencia.

**Desde ese instante**

Te encontré en esa tarde de velada urbana
y en la conversación de café
surgió un momento en que te conocí por completo
como si nos lleváramos de siempre.
En ese momento de tu mirada fija en la mía
 con tu discurso encendido
¡no hay más ruido que el de tu voz!
¡No hay más luz que la de tus ojos!
Todo se torna a tu conversación,
el tiempo se congela atento
por los sonidos de tus palabras
que viajaban por el aire hacía mí,
se detuvo la luna a escucharte,
la gente desaparece en un viento inmóvil
quedando en la única verdad de tu narración.
No hay nada más importante
desde ese instante
en que tú y yo estemos juntos hasta hoy.

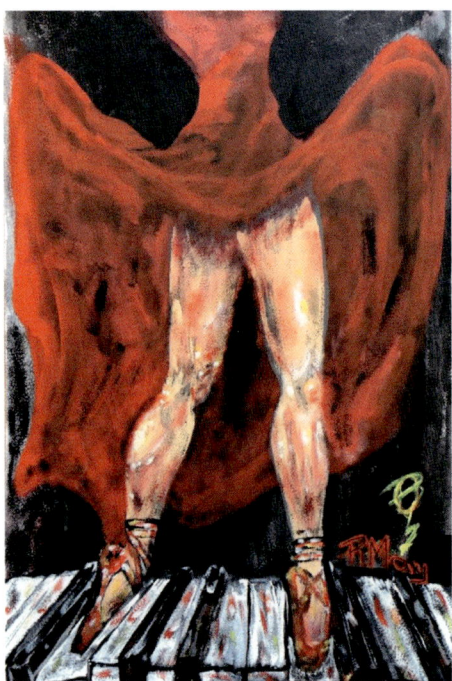

"Bailarina del piano" de Rodolfo May

**Somos el mejor poema**

En el diario amanecer en verte,
eres mi deleite en mis sueños...
Tú sigues mi esperanza
en nuestro amanecer
paraíso diario que construimos los dos.
Nuestro amor es el mejor poema,
que se renueva cada día
y pone en nuestro paso la mejor rima;
trabajo de ambos en cuarteta...
Nuestro proceso se da simple,
con detalles constantes
en el ser uno para el otro siempre;
En lo sencillo lo nuestro es elegante.
Nuestra rima se da constante;
Nuestras caricias son apasionadas y tiernas,
nuestros besos eternos,
lo nuestro es amor
que marca al universo.

Diario escribimos una línea,
aprendemos uno del otro;
Somos cómplices en lealtad,
Si, somos aventura en poema.

**Los regalos del Vino**

El vino da increíbles regalos,
como la verdad en todo ser
o la sensualidad de la mujer;
descubre al niño oculto del hombre.

El vino revela secretos,
escribe poesía y canciones,
libera ingenios en dichos
y da al hombre el festejo de satisfacciones.

Regalos que me da el vino,
como en tus ojos hermosos
libera intenciones vanas
de las que me encanta ser prisionero.

El vino, ser vivo,
que célebre goza, rompiendo cerraduras
de extraños y por acercarnos como hermanos
nos obliga a buscar y pactar en paz.

Regalos que el vino da
desde la cultura del mundo
descrito en las bodas de Caná
que nos acerca y marca en lo divino.

Detalle "Mis Vicios" de Rodolfo May

## Los Cuatro Elementos

El fuego del latido de mi corazón,
la miel de la saliva de tus besos,
la sensación de tocar tu piel
y hacerla como tierra donde renacer.

Son los cuatro elementos
que al verte me llenan,
y se desbocan los deseos
para hacerte el amor.

Mi aliento se vuelve fuego en pasión,
la carne se vuelve tierra de humanidad;
el deseo se vuelve aire,
y el agua se vuelve mares de placer.

La misión de ser hombre
está trazada
por un camino que tú me enseñas
con sólo tu mirada.

Los cuatro elementos son los que me guían a ti;
en este mundo loco hoy hay amor desenfrenado,
tu piel me lo despierta cuando estás a mi lado,
y mi ser me abandona convirtiéndose en fuego, agua,
tierra y aire.

Y esto es hacer una cacería en la que tú eres la victoria,
cual alquimista me domas, con el fuego de tu piel,
el agua de tu juventud, la tierra de tu sensatez,
y el sustento de que si hay cielo tú lo pones como aire en
mi persona.

Te voy a hacer el amor en cuatro elementos de mi ser.
Acéptalos como regalos:
mi humanidad de fuego,
mi piel de agua,
mis latidos de tierra, y mi pasión de aire.

**El Sobreviviente**

Mi amigo Fima, nació en Dansig,
a veces fue patriota polaco y otras ruso;
su niñez fue amorosamente tranquila y feliz
compartiendo con sus primos y amigos.

Fima, en tu estirpe tienes la herencia de vida,
Tú la cargas con orgullo, una tradición de siglos,
y sin tú pedirlo, de mucha persecución fuiste objeto
convirtiéndote en experto guerrero y silencio sabio.

Eres hombre al que le sorprende la vida
en batallas terribles que no son tuyas
y todo esto absurdo que has tenido que pelear,
tú sabes que sobrevivir es la meta final.

No desmayar por fuerza de la discriminación,
huir por todo Francia del Apocalipsis de Hitler,
fuiste apresado por fascistas en Cataluña,
para escapar de nuevo y embarcarse en secreto por Italia,

Sin pasaporte, con dignidad sopesar los días
caminando en la Europa triste y destruida,
sigiloso viendo comer la ración de ese día
preguntándote afligido, donde estaba la familia.

¡Escapar de esa locura, a donde sea!,
¡sí, a Palestina!, pero tu condición no te dejó libre
y te reclutó Inglaterra para enfrentar a Rommel haciendo trincheras,
caballero del Rey, con tu única arma, un fusil de madera.

Hombre de mil batallas que tuvo que adoptar
ese camino viendo la muerte y destrucción pasar,
yo pienso, que la guerra nadie sabe quién la empieza;
y que Fima conoce que la supervivencia es la forma de ganar.

Conforme los aliados ganaban terrenos al eje,
tu conocimiento de seis lenguas te sirvió
para estar lejos de las trincheras en el frente,
y traducir a los oficiales en el campo te salvó.

¡Victoria! Gritan los aliados,
la pesadilla del combate y destrucción pasó,
vino la cruda realidad de la posguerra,
y a los refugiados sin papeles nadie los desea.

Osada guerra particular en causa noble convertiste,
por introducir judíos a Palestina ilegalmente;
Broma del destino, cuando te descubrió el ejército inglés,
y dispuso que de sus filas tu "baja deshonrosa".

Tus ojos cambiaron de rumbo y horizonte,
la decisión se tomó de huir de tanta miseria,
tus esperanzas se posaron en América,
y México tuvo la suerte de cobijarte.

Aquí hiciste patria y honraste tu nombre,
emprendiste negocios y buenas amistades,
eres aventurero y conquistador de amores,
en gran señor de mundo te convertiste.

De doña Amalia Navarro te enamoraste,
ella te dio retos nuevos y te contagió de su alegría;
entretenido heredaste hijos, que ni siquiera pensaste,
ellos te dieron tus nietos que es lo que más disfrutas.

¡Fima!, mi amigo de mirada penetrante,
ser de sabiduría que guarda su silencio,
eres un hombre de talentos y defectos;
experimentado, observador e inconforme a veces.

Eres hombre, la vida te dio batallas sin pedirlas,
pruebas y retos que han mostrado tu mejor humanidad;
coraje que vemos todos los días en la mejor herencia,
linaje de supervivencia que en el recuerdo nos dejarás.

**Con que te puedes meter en mi vida…**

Te puedes meter en mi amistad,
Cómo también en mi compartir voluntario…
Opina de mí diaria rutina de que mí que hacer…
Opina de mis quereres,
 azotones y también mis pasiones…
Puedes opinar de mi proceder de mis ambiciones y
también de mis colores…
Metete a mi cama las veces que quieras…
Atolondrarme con tu quehacer diario…
Te dejo entrar a mi bar en toda libertad…
Te puedes meter con mi expresión en arte,
opina de lo que pinto o lo que escribo…
Opina de mis grandes o pequeños desastres y también
glorias en atinos…
Las diferencias por supuesto que las discutimos…
Puedes opinar de mis extravagancias y toc tocs….
Pero lo único que no te invito y no te puedes meter es
con mi lista de música….

**¿Qué es el amor?**

El amor para mí es saber que puedes, que tienes y que compartes todo con alguien en mutua confianza de atracción y búsqueda del uno en el otro con respeto y admiración mutua de plenitud de aceptación. Es entregarse sin esperar nada porque estás seguro en manos del otro, es que te encante y nunca te canse ver a tu pareja.
Es reírte con él o ella a carcajadas y nunca aburrirte. ¡Sí!... es buscar la compañía de esa persona especial en todo lo que haces y hacer que lo más simple sea motivo para vivir y compartir una carcajada, una sonrisa, una mirada, es una fiesta que no se termina con tu pareja.

**Tener Fe**

La fe es algo que vive en nosotros con origen divino, literalmente logra nuestro empuje en todo.
La fe es confiar en nuestros sentimientos, da apertura y compañía en esos momentos de duda y duras pruebas de la vida.
La fe es una viva compañía de ser parte de algo más grande...
Tener fe significa creer en una idea, en personas, en dar oportunidad a nuestro paso.
La fe nos hace soñar y saber que aún sin saber qué pasará palpita la esperanza de lo mejor en nosotros para dar...
La fe es nuestra conexión divina con Dios en talentoso y ciego amor por lo que realizamos.

"Esperanza en tiempos de COVID" de Rodolfo May

**Manos con intención**

Manos que señalan el error,
culpan e indican traición
adornadas de bellas uñas pintadas,
desconfiadas por tapar algo.

Manos de palmas a Dios
que mendigan por monedas,
otras que entregan estas
para curar sus conciencias.

Manos que en cemento construyen,
otras labran la tierra;
manos con esperanza se casan
y usan anillos de promesas.

Manos que escriben versos,
otras en cincel moldean esculturas…
unas más que cuentan historias
y hay manos diestras que pintan a los poetas.

Manos tímidas que no muestran en tabú
y esconden la desnudez,
manos que provocan a la libido
pronunciando un deseo puro.

Manos desinhibidas que siempre señalan el sexo
a su vez otras persignadas lo desaparecen,
manos irreverentes que todo cobran
y otras rebeldes que están contra todo.

Manos que sin pronunciar palabra
expresan sin mentir
en cada ademán marcan tu obra
y señalan el camino de tu existir.

Manos torpes que destruyen todo,
manos hábiles que planean
en dibujos de soledad o armonía,
en pasión, vanidad, lujuria y belleza.

Manos que ambicionan todo…
otras que obsequian cuanto poseen.
Manos que acarician en compasión,
muchas piden el llamado del amor.

Compás manejado por manos divinas
en tentaciones del cuerpo exquisito,
que buscan sin descanso la existencia
de manos terrenalmente condenadas.

Destino corporal de expresión,
enseñan las manos nobles,
nuestra verdad de esencia pura
mostrando sin darnos cuenta el alma.

Manos jóvenes que dan forma a un sexo adolescente,
Manos maduras que enseñan a las jóvenes,
Manos viejas que reviven en el recuerdo.
Manos pequeñas que toman un dedo afortunado,
son las que preparan sueños en la cocina;
manos que curan con amor desenfrenado
al ritmo con que se mecen los sueños de una cuna.

Manos diminutas y de inmensa esperanza
que juegan entrenando los sueños de un mejor mañana
en la arquitectura de un futuro
que se anhela sin guerras ni persecución.

Manos que aprietan botones destruyendo la naturaleza
en lo que otras tratan de parar todo tipo de explotación,
juntando más para un plebiscito de protección,
no faltando las que hacen un mundo mejor.

Manos que insultan y maldicen el tráfico,
al mismo tiempo otras bendicen en el templo.
Manos que buscan el cielo en mente soñadora
y otras que tocan el suelo con una realidad.

Manos que aceptan treinta monedas
para clavar otras a una cruz de calvario.
Cachetadas de verdaderas mentiras
la contradicción en prometida salvación.

Manos anfitrionas con amor de hogar
que siempre apasionadas apoyo dan,
perennes y serenas con paz aguda
en tiempos desesperados te sostienen.

Las manos tienen el primer contacto
con cualquier ser humano en paz o agresión,
son la mejor expresión muda
en todo que explican todo lo no dicho.

## ¡Gracias Amor!

Gracias por darme el empuje cada día,
esa energía de alegría muy tuya,
que compartes en mi vida y que es un motor para mí;
eres muy especial, ¡te amo!;

Cuando flaqueo,
cuando estoy harto,
cuando mi momento es el más amargo,
¡Ahí!, Tú me inspiras para seguir.

Y el enemigo más formidable
se vuelve arena que juntos por mi mano derrotamos,
No hay montaña que no escalemos,
no hay obstáculo que no salvemos,
no existe demonio que nos detenga.

Porque eres mi pareja, somos equipo,
y juntos haremos historia en nuestro pasar,
juntos haremos que nuestro poema rime,
unidos seremos la más hermosa leyenda de amor.

## Extraño tu olor en mi cama...

Extraño tu olor en mi cama...
Mala la hora en que la mucama cambió las sábanas
y que ahí perdí en mi sueño diario el olor a ti...
Ese aroma que dejaste la última vez que hicimos gloria de la creación de nuestra existencia...

Mi nariz te busca instintivamente en el fondo de mis sabanas...
Ya no estás y tendré que conquistar tu atención en la libido para que regreses...
Y porque no eres el sabor de mi existir,
Me encantas y negarlo sería negarme a mí mismo... Eres mi fe...

Qué maravilla, pensar en saborear tu sexo nuevamente,
 mal o bien es una forma de esperanza de verte,
de besarte y por qué no de desearte... En fin, te amo...

Como el poeta dijo, te has vuelto mi religión...
Vuelve a esta casa, por favor, bonita...
Impregna de nuevo tu pasión en mis sábanas...
Que así sea por siempre... Amén.

**Marcar la diferencia**

Mi paso en este mundo es de sueño de caballero andante, e invito a mi pareja a una aventura de la que no hay regreso.
Hoy sale el gladiador o el Quijote que enfrenta todo para hacer un mundo mejor; aquel que me habita, que tiene fe y que no puede ver infelicidad al ideal.
Soy Quijote de madera que pretende alinear al mundo; mi voz en esta humilde tribuna es suficiente; haré que me escuchen, en esta locura de hacer pensar a los que vienen atrás.

Es una idea por proponer para que los demás reflexionen. Como David rompiendo un muro de la necedad que construye el de enfrente y no quiere escuchar.
Hoy me atrevo a soñar, me quiero exigir.
Deseo todo en el emprender, este día marcaré la diferencia.

Con miedo… seré consciente de mis errores; surge la fortaleza para ver en duelo a titanes y el público verá una batalla; en el interior mi alma grita que no me dejaré; ¡Si caigo… que sea de cara al sol! me empeñaré en dar la mejor batalla.
Comparo la derrota con la decepción si me dejo vencer siendo mejor.
¡Si no arriesgas nada, estás arriesgándolo todo! Lo que persigo son trozos de gloria; batallas de la defensa de mi sentir.
Ese sueño de caballero en lo correcto… eso me ayuda a seguir adelante.
Soy guerrero en mi batalla… me gustan los retos para demostrarme que puedo.

Mi inspiración es el tatuaje de amor que me pusiste, es la herencia de gente que hace el cambio, es el ser de la estirpe que no se deja y que cree en la justicia de la humanidad, es ser ese hombre, que, aunque cansado no se rinde.

**Ojos Miel**

Esa mirada inocente de alegría espontánea
con su tez blanca que no engaña
ya de quien va de la mano;
orgullosa tiene esperanza con perfume a enamorada.
Es hermoso ver a alguien ilusionado
con esos ojos miel, felices con luz…
y da gusto haberlo captado,
hoy soy testigo de que existe el amor.

**Hoy**
Hoy en mi camino te encontré,
de ese amanecer se dio mi cambio…
Y sé, que de ese paso
nada será igual.
Tu seguías tu paso
en mi asombro de un agasajo
por tu caminar elegante
que para mí no era común…
Ah cómo goce tu estampa
mujer guapa en ese mi momento,
Que se da tu presencia
con lo más divino en mi ver…
Así es mi memoria en existencia
en ella estás viva de recuerdo
cómo el primer momento
que te vi en mi paso
de un atardecer eterno…


**¡El amor construye!**

El amor construye cielos o infiernos…
mata la rutina automática.
Nos define en incongruencia de ilusión
caminando sobre nubes o ardientes brasas.

El amor impulsa el dolor o la esperanza
de aventuras de la gran hazaña de poder dar
en una oportunidad de ser diferente
y confisca cualquier voluntad.

El amor es un banco de sentimientos
que te presta para vivir la gloria y cobra intereses caros
al que no quiere corresponder
en acciones de soledad egoísta.

El amor no distingue edad,
sexo ni posición social…
simplemente ataca sin piedad
como el virus más eficaz.

El amor conspira e inspira,
te fortalece para enfrentar todo,
o te debilita y saca tus peores miedos…
es una droga que obliga a sentir.

El amor libera y esclaviza espíritus;
viene en todos como bendición o desafío
que acepta la sumisión de una cadena sublime que te ata
a todo lo que existe en el cielo, la tierra y el infierno.

El amor construye siempre;
es la verdad de la existencia de Dios
que doblega orgullos obstinados
y da encanto a la vida de cada quien.

El amor obsesiona sin medida,
el amor enloquece a quien toca,
el amor ennoblece el espíritu…
el amor te construye como ser humano…

**En mi paso**
Eres es mía y habitas mi pecho,
eso es lo que me llena de paz
por todo lo que haces
y lo que siempre me das.

Tengo mi aventura en el camino;
la soledad del tiempo en mi faz,
hoy estoy en ruta de mil pasos
en esta ternura de vivir en el andar...

Tengo el pasado de mi sangre;
el compromiso de mi palabra
en una carrera de entornos
con fracasos y triunfos en mí.

Con esos momentos en los que sé que estás ahí
me alimentas el alma y me dirigen a ti…
mi meta es sencilla
en esa cosa hermosa de hacerte feliz.
No soy fácil en el trato,
pero soy hombre de ley…
ese aventurero que va navegando
y aprendiendo en este mar sin fin.

Mi tierra habla mucho de mí; es lo
que me identifica en ese camino.
Mis experiencias son mi bastón
a lo que me aferro
cuando no estoy junto a ti.

En mi paso de este a oeste,
de aventuras de norte a sur,
eres la razón de lo que hago, de lo que
sueño y quiero decir.

Eres poema que surge con la naturaleza,
la rima que es el ancla
de mi alma
en este paso sin fin.

Todo en este camino
que divaga
en mi destino es la pieza y el
contrato; es la ruta que tú me das.

Paso de caballero andante
en lucha por su doncella
que de no ser por ella.
Luego entonces ¿para qué dar el paso?

Ella es camino, es lo divino…
es aventura de fe sin mal
es la razón de la esperanza mi consuelo
y mi calma en ese paso de mi continuo andar.

Ella es la que me da aire
me ayuda a llevar mi tedio
compromiso eterno
del bien contra el mal.

Sigo con paso firme en este terreno irregular
de bocas y raptos de alma
Ella me da camino
en esa oscuridad.

Pronto la veré de nuevo
y nos comeremos a besos,
toda la noche…
todo el día en silencio de un abrazo monumental.

Sentiré su ternura,
procuraré su cuerpo
inspeccionando todo su lugar
en el ritmo de mi andar.

No dejaré de buscarla diario,
ese es mi aliento...
mi esperanza del viento,
el empeño de seguir con mi paso.

**Fantasmas de la calle**

Fantasmas de la calle que recorren las arterias de la ciudad en un esfuerzo por ser vistos en sus colores trasparentes cruzando la vida de muchos que van en el tiempo... no los percibe el que maneja un auto último modelo, en semáforos de iluminación de castas que ven con un lente oscuro de una dama de sociedad.

Seres a quienes les niegan su existencia los antropófagos de la competencia laboral; entre comercios y autoridades que tropiezan con esta incomoda verdad, plasmada en esa mirada fría que los atraviesa sin notarlos; no hay esperanza en un mundo que no quiere aceptar esta realidad de la más abominable y baja calidad humana.

Hoy camino entre ellos, los veo, pero nos los quiero tener cerca, no me vayan a ensuciar. Siento sus miradas como un reclamo de que soy culpable de indiferencia... cuando me piden una moneda o algo de comer y yo estoy sordo a su clamor de ayuda, me habla Dios en un sonido estridente que me lastima el alma, pero no así mi faz. El andar o comer en un restaurante en el cual soy parte de una escena de aparador de la vida triste de aquellos seres invisibles, que me observan detenidamente comer mis trozos de carne saboreándolos en su imaginación de apetito insatisfecho, hay un reclamo de que yo tenga algo en el estómago y un lugar donde dormir hoy sin pensar en el día siguiente.

Fantasmas que no tienen descanso: limpian parabrisas, se pintan de payasos tirando pelotas de un color perdido en hollín. Entre antorchas con olor a gasolina y solventes; tragan fuego para ver si alguien los nota y reciben baños de agua del pavimento y vidrios de botellas mientras piden monedas aprovechando su desventura como negocio.

Es una urbe de hierro con riqueza donde quiera, donde no es posible regalar ni pan, ese manjar que buscan creciendo los niños de la calle sin educación y en terrible soledad. Lo único que piden es amor en las rayas del paso de peatón; y de vez en cuando alguien les da una moneda para curar su conciencia religiosa, social, egocéntrica y los remordimientos del peor pecado que es la omisión.

La realidad es que esos infantes apenas los ve uno, se vuelven jóvenes de descoloridos tonos sin esperanza; posteriormente crecen y se transforman en fantasmas transparentes de la calle sin pasado ni futuro rodando en una sociedad cruel que se revuelca en la podredumbre de una frecuente ceguera falsa.

**María de rosas…**

Mañana de mujer que se arropa de flores,
su nombre es María…
nombre puro en mis oídos
¡qué melodía da su tono!

¡Qué ritmo tiene su andar!...
¡y su rostro de ángel!
Esa muchacha que seguramente es obra de Dios…
Tanta perfección en mi camino de olor de rosas;

Que me lleva en mi andar
con la esperanza de la existencia de lo divino.
Es un milagro viviente María…
Es un antecedente de creación.

María, tu nombre es sinónimo de origen,
¡qué manera de abrazar la vida
cuando sostienes esas flores!
¡Esas que hoy te visten de fragancia de Dios!

**La vida**

La vida es más de lo que aparenta su simple escena.
La vida es un pasado sin retorno que suma.
La vida es un futuro que no se ha caminado y que aún no ha contado en tu persona, sin embargo, pensamos en su incertidumbre…
La vida es el momento de la realidad que habita este instante que reclama tus latidos, tus sentimientos y sobre todo la intensidad de tu materia que es forzada a existir.

**En busca de la Venus Moderna...**

¡Ese loco!, aquel hombre que no pierde la esperanza... busca en cada mujer la esencia ideal... como él la piensa, ¡será posible que si existiera lo perfecto se manifestaría en forma femenina!... es su búsqueda en un último intento sublime de vivir algo perfecto. Su musa ansiosamente buscada es esa dama sin defectos... paradigma de lo etéreo en el camino frenético; en su andar con cuanta mujer haya pasado por su cama. Imagina que la somete al fuego del Olimpo, luego la empapa de agua bendita del río Jordán, posteriormente la orienta con salmos a la Meca... desmenuza sus personalidades y tira sus pecados, rompe sus enojos y sus vivencias con otros, para verlas en su mente como inmaculadas.

En cuanto la relación avanza en conocimiento uno del otro como siempre ocurre en la naturaleza humana, aparecen estas partes desagradables y profanas, que en las féminas demuestran el ser de carne y hueso, que por más que las vea en su versión dionisiaca... él no las quiere ver así.

Ese loco es un enamorado de una sombra sin defectos en la cual acomoda el perfil de cada mujer que conoce y así las purifica en su mente para ser la diosa perfecta. Mas cuando esos defectos surgen en las mujeres que idealiza, en su loco tránsito sofoca su existencia golpeada, robándole su yo... y en constantes agresiones le lastiman el alma... tanto es lo que se abruma en su persona que parece haber sumergido su ser borracho en el placer de este enfermo masoquismo soportado por una necia realidad que no puede mellar a lo perfecto...

Es mejor existir y vivir en la fantasía que ver la auténtica agonía del suplicio diario de enfrentar una insoportable visita, la verdadera persona que no se gusta en esa imagen del espejo...

Las cubas ayudan a maquillar esos humanos y femeninos defectos, quitan los malos momentos, que en bocanadas de humo con aliento a ron se convierten en el sustento de la emoción de vivir el hoy.

Los orgasmos de regadera que vive cada mañana en un rito con amor a sí mismo, ¡Esos son sus pedazos de paraíso que dan lógica a una armonía existencial!... en esta ceremonia arranca las mañas, el egoísmo, las verrugas... en una suma de arrear con todo defecto existente en la Eva

que se transforma en una Venus moderna... esa musa con cara de perfección y cuerpo de agua en un erotismo de edén en humedad de vapor justifica cualquier maltrato y desaparecen dejando sin crimen a la orgullosa pareja en turno. Ese instante es vivir la mejor forma buscando esa divinidad sin defecto, el lugar de soportar esta realidad cruda llena de arrugas y marcas en la piel y en el alma que perturban la búsqueda desesperada llena de lados oscuros a los ojos de la razón. Entonces, se prefiere pasar por alto todo lo malo... y escapar para no ver los defectos de esa mujer real.

**Hoy tengo ganas de tenerte**

Hoy nace en mi ser una necesidad imperiosa de ti.
Hoy necesito saciar mi sed de amor en tus labios.
Hoy imploro tus consuelos en mis momentos amargos...
Es mi necesidad de ti mi impulso a seguir...
Es mi amor por tu ser lo que concreta lo mejor de mi poder...
Hoy cambiaré mi simple meta...
Hoy no seré un hombre cualquiera...
Es mi ambición lo que me lleva a ti...
Hoy haré mi andar diferente...
Hoy seré mejor y más consecuente... Es mi destino tu pasión…
Eres mi ritmo, mi acción.
Soy la solución a tu ser,
tú eres razón de mi existir.
Soy para ti en tu final
 y tú eres mi manzana virginal...
Me inspiras en mi amanecer
y soy tu compañero de tu atardecer.
No hay más que decir a cada cual.
Somos la parada final y nada detendrá nuestro ser...
En el placer de entrega mutua,
sin reservas en nuestra piel...
Somos tal para cual...
Somos principio y final, en un círculo infinito de entrega total...
Del río de amor en mareas nos dejamos llevar,
tú y yo no encontramos paz,
si no es uno en el otro...
¡No hay descanso en nuestra conversación!,
ya sea en la cena o en nuestra forma de hacer el amor.
¡No hay consuelo sin sacrificio en duración!
¡No hay una existencia sin tu voz!
Doy pasos largos para buscarte.
¡Soy vuelo de mil mareas!
¡Existo nadando mil huracanes!
Mi inspiración eres tú,
Mi fuerza eres tú.
No hay diamante más fuerte que nuestro amor.
¡Hoy soy feliz!

**Me gusta tu pelo suelto…**

Ella es la dueña de mi corazón y mi locura…
¡Me gusta tu pelo suelto!,
¡me gusta tu obsesión de ser amada!,
¡me gusta tu cintura!, ¡me gusta tu traviesa mirada!

¡Me asombra tu paciencia!,
¡Me encanta tu confianza!
Me domina tu figura;
Disfruto tu piel suave y excitada.

Es uno de esos accidentes
de los que no me arrepiento,
Es una de esas cosas
que me suceden en el mejor momento.

Fuiste una casualidad
o un ángel que mandó el cielo.
¡Vaya!, Mi suerte
es haberme cruzado en tu camino.

Esa dama elegante,
esa niña inocente,
esa mujer tan interesante,
esa belleza es mi vida y mi suerte.

Esa chava tan chambeadora,
esa profesional tan entrona,
esa extraordinaria anfitriona
esa excelente persona que es mi bella admiradora.

Ella tiene la mirada de mis ojos.
Ella es mi máxima inspiración,
es la dama de mis sueños,
es la dueña de mi corazón, y mi locura.

"Bailarina del abanico" de Rodolfo May

**"La Mascada"**

El tráfico es insufrible, quiero llegar a casa.
Tú me esperas y yo en mi carcacha,
sin poder avanzar;
para colmo, en el estacionamiento el vecino me estorba.

De mal humor resuelvo el arribo,
hoy es quincena, vaya ¡que fastidio!
Llegando a la puerta, ¡que desconcierto!
Hay un recado, ¿será del casero?

Al desdoblarlo, ¡Ah!, ¡qué bueno!
es de mi media naranja diciendo:
"¡Sorpresa!, Bienvenido:
por favor cúbrete los ojos con esta mascada".

La curiosidad me rodea,
y sigo el mandato,
escucho atento que abres la puerta
y me tomas de la mano…

Me descubres la ceguera rutinaria
que se nubla por cosas de nada,
 y entro en la estancia en una atmósfera iluminada a sol de vela
y con el rocío de tu piel excitada.

Me olvido del mundo estresante,
mi enojo desaparece,
estoy loco por tus ojos verdes,
por tus besos de frutas del paraíso, y no me canso de tu piel de cobijo.

En la luz de velas y mojados en la tina,
hacemos homenajes a la esperanza
en el deseo y la confianza
en que juntos los dos demostramos que sí existe el amor.

**Origen...**

Madre de corazón ardiente, origen de amor
consumado...
Pasado de generaciones
en criaturas de entrega total,
es desbordante su amor.

Madre generosa en su naturaleza,
Tierra de maravilla solar...
centro versátil de todos
eres causa preferida de familias.

Te veo donde quiera,
en el parque de carriolas
o con bebés en tus brazos seguros,
como en las canas de tranquilidad del amoroso consejo
sabio.

La ruta de vida
se da en tu seno,
camino eterno de fascinación humana,
alimento divino de creación.

"Embarazados" de Rodolfo May

**Yo amo**

Yo amo sin reserva,
con convicción y
entrega.
Amo con todo lo que
mi energía me da;
Yo amo con todo mi
ser al quedar cautivo
de la frase sublime de
una verdad de mi
existencia.

Si el amor me llama a
reflejarlo en alguien,
qué afortunado es ser la
misma exposición de la
bondad y
amar la verdad sin
promesas reales.
de la esencia de la
existencia de Dios.

Amo a las aves de vuelo
por temporada
que hay en el aire de
primavera,
atmósfera de creación
total
en esperanza
enamorada.

Amo el silencio,
solemnidad de mi paz
interior…
Reflejo de mis
pensamientos,
consorcio de mi
universo.

Amo tu voz…
espero tu cuerpo,
la estética de tus
contornos;
tu naturaleza sensual al
denudo.

Amo el caminar.
Te pretendo alcanzar
en ese bullicio de la
ciudad
de paisajes en calles y
parques.

Amo el arte,
que da belleza por los
sentidos
A Todos nos contagian
su expresión
El ingenio expuesto.

Amo el vino,
Rojo rubí como joya
de su cuerpo en sus
lagrimas
y como un sabor
majestuoso que me
robó en un beso.

Amo el tiempo…
que a todo le marca un
inicio,
con la certeza de un
final
y embellece lo que me
rodea al madurar.

Amo la lectura…
Inquietante paisaje de
otros pasos,
transporte a tu propia
actuación
en la cabeza del mundo
de otro.

Amo al bohemio…
esencia de amigo,
nuestro es el mundo,
que vive dentro de
todos nosotros.

**La cita de la Ficha y el Vino**

La fecha designada llego,
nuestro duelo semanal tiene hora,
el campo de batalla está listo,
puntuales nuestras armas cargadas.

Una vez más nos reunimos,
como cada jueves a las 8 p.m. en cantina,
enemigos declarados sin malicia;
caballeros de la mesa cuadrada.

Nuestra guerra es por la mejor jugada,
mientras hablamos de aventuras en amores,
política, jornadas de la semana
y también malas palabras.

Habladurías y juegos de mesa,
se disputa el honor de vencer
ahorcando alguna mula
y presumirlo toda la semana.

En la palomilla somos así,
como si fuéramos hermanos,
algunos contadores, poetas,
compositores y hasta magos.

Exageramos nuestras carcajadas,
los tonos y los cuentos rojos,
no congeniamos a veces
y aun así nos estimamos.

Cínicos, escandalosos y vulgares,
son nuestros temas y exageraciones,
ya que las damas no están presentes,
¡ESO SÍ!, nunca dejan nuestras mentes.

Con ese tema del juego hallamos
un pretexto para frecuentarnos,
saludarnos con un buen sentimiento
de estimación.

Somos jugadores de cita fija
y empedernidos bohemios,
nuestras damas nos acostumbraron
a poner la hora de llegada.

Hoy la reina es la mula del seis,
y el vernos para conquistarla en esta cita
a golpes emotivos de fichas en la mesa
con las copas de vino sano de nuestra amistad.

Bellas jarras son,
mientras el alcohol corre,
al ritmo de las fichas que caen
disfrutamos el encuentro de cada sesión

Detalle "Pianoman Ruso`s Bar" de Rodolfo May

**La amistad**

Esa joya mal apreciada,
a veces mal juzgada
y dada por hecho por muchos
es la amistad.
Los amigos nos hablamos de frente,
y somos prudentes,
pero no hacemos lisonja en lo que no nos va.
No estamos para la conveniencia
pero si somos la conciencia
que a un amigo necesita.
Somos el apoyo y el evento,
somos ese contento de hermandad...
La sorpresa y la ocasión
de la redención por la aventura en amistad...

"Pianoman Ruso`s Bar" de Rodolfo May

**Es fácil enamorarse de ti**

Es fácil enamorarse de ti…
y perderse en esa mirada traviesa
que es franca sinceridad…
¡es viva!, ¡es pasión que desfoga energía!

Sí, es tan fácil enamorarse de ti
paseando mis dedos en tu cabello sedoso
que como la mejor prenda viste tu figura
en inmensa estética sensual.

Con qué facilidad me enamoraría de ti…
de esa sonrisa que ilumina todo
y contagia a quien la ve y conquista
cuando a carcajadas se come la vida.

Es tan fácil enamorarse de ti…
de tu cuerpo hermoso,
ese abrigo de tu alma bella,
reflejo de tu mirada atrayente.

Es fácil enamorarse de ti…
me das esperanza; en este camino de rocas
existe una flor excelsa que me encontré
y que embellece todo.


**Tradición**

Tradición en la proporción,
dando lugar al amor escrito
pasado y presente del cuento…
Recuerdo y consejo de la comprensión,
impresión del sustento,
contagio del contrato divino,
conformación de la relación perenne

"Danza cósmica femenina" de Rodolfo May

**La Nave y el Mar**

Te vi en mi camino como una visión,
Tú me viste como un hombre de ti enamorado…
Te invité a buscar unidos nuestro destino
y navegaríamos juntos en un hermoso mar.

Construimos una nave de proyectos,
Donde viviríamos nuestros sueños.
Mientras Tú cosías las velas…Yo buscaba que el timón funcionará.
Tú confiabas en mis cálculos dando dirección a nuestra brújula.

Rompimos el champagne en la quilla
de la más hermosa nave vivida por ambos
y nuestra bitácora comenzó a escribirse.
Gracias por darme alegría y felicidad, gracias por conmigo zarpar.

Un día se paró tu viento,
Tus velas no se engloban más,
nuestra nave se detuvo…
la reseña del capitán en una línea terminó.

Yo no puedo creer que ya no estés…
Ahora me encuentro solo…
Sé que te fuiste con el Creador,
tu barco navega en otro mar al cual yo todavía no puedo entrar.

Tu recuerdo lo llevo en una cruz
que flota en mi pecho…
me llama el paso de mi viento indicándome que es el momento
de dejarte en una isla de recuerdo feliz.

Me voy a buscar un nuevo mar
a ver si encuentro la paz
o la amargura de la soledad;
son esas las amarras que debo soltar.

Este es mi momento de partir
a una nueva tierra…
la deriva y las corrientes me llevan,
no sé qué encontraré;

Dios me pide que siga en un nuevo horizonte,
sirenas y arrecifes pasarán…
playas lejanas deberé descubrir,
nativos diferentes me toparé
y todo debe intentarse
para obtener la promesa de Dios en
la esperanza del nuevo continente
y de cumplir la certidumbre de ser feliz.

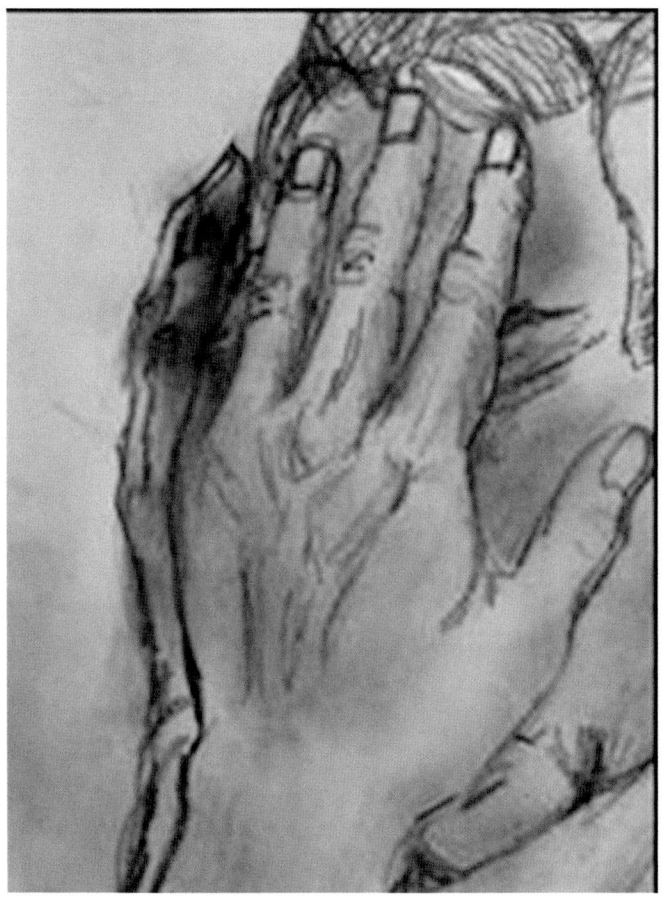

"Psicoanálisis" de Rodolfo May

**Lo que nos arrebata la vida**

Llanto de una anunciada soledad,
lo que amo… no tiene mi fuerza en lo sano
y no lo fácil de llevar,
la vida nos juega con su estructura natural.

Es difícil aceptar que los que amas se van antes…
de tu decir o preguntar;
es horrible ver que tú estás sano y los otros se te van,
con su boleto del cáncer, el enfisema, o peor por un accidente.

Pero lo más cruel es ver a tus pilares sucumbir,
luchadores que enfrentan indefensos a la edad;
que acentúa en cualquiera de estas enfermedades
el sufrir del diario devenir de esta vida.

Lo peor es ver gente llena de energía,
apagarse lentamente en el diario ser,
no querer entender que la energía se termina en el tiempo de cada uno
y que la cita con la muerte es lo único seguro.

Hoy lamento no pasar mi fortaleza a quien quiero,
no quiero dejar morir las historias nuestras
por el hecho de que son personas adorables,
los actores de estas circunstancias del ser.

Algunos le llaman destino, otros le dicen designios,
y algunos dicen que es lo que el Señor dirá,
pero hay que confesar que es difícil aceptar
que lo que más queremos en esta vida se irá.

**Se solicitan almas buenas...**

Se solicitan almas buenas...para el trabajo extremo de salvar al mundo de la falta de amor.

Perfil:
- Creer en la gente
- Dar mucho amor durante su vida.
- Infundir paz en todos, sin que se den cuenta.
- Promover el mejor regalo del mundo, que es la vida.
- Fomentar sonrisas en todos los que le conozcan.

Prometemos:
- Excelente ambiente de trabajo, colaborando con expertos en el ramo.
- Una carrera llena de satisfacciones.
- Desarrollo de proyectos de enorme importancia mundial.
- Laborar hombro con hombro con el Jefe máximo.
- Capacitación permanente para realizar milagros.
- Recompensar con mucho, pero mucho AMOR...

Si cubres el perfil... "El Señor" te llamará...
    Angie ya fue seleccionada...

**Navegar sin rumbo**

Te sientes un barco en alta mar,
 perdido por no ver tierra,
no sabes a donde navegar
y no puedes ver donde anclar.

Busca en ti mismo,
recuerda quién eres,
El camino de dónde vienes,
esto guiará tu principio.

Temes en tu acción… errar,
Pero observa bien;
que quien no se equivoca
es sólo aquel que nada hace.

No luches contra la corriente;
si tu espíritu está cansado
déjate llevar sin ahogarte,
en ese ritmo sobrevive.

Mensajes hay en la travesía,
encontrarás algo en las mareas,
sólo busca los signos del camino,
observa que se asoma tu destino.

Boceto" Encadenado" de Rodolfo May

**Levantarse**

Ayer me tropecé,
Caí… y me lastimé,
me quejé de mis heridas y procuré que todos se enteraran.

Hoy es un nuevo día,
ya no me quejare más,
me sostendré sobre mi dolor
y caminaré de nuevo.

De lo que fui me acordaré
para tomar lo bueno
y sólo veré lo malo
para no amargarme.

Tendré en mente no caer,
hoy decido construir.
No me dejaré vencer
y aunque duele voy a seguir.

¡Sí!, ¡estoy aquí todavía!
Lo que lastima y no mata
pienso que tiene solución
y ahora soy más fuerte.

Hoy comenzaré de nuevo,
claro que no me detendré
a ver quién me dañó
ni quien se burló.

Sólo me levantaré
de cara a algo nuevo,
¡y lo que sea
lo tomaré para bien!

Esto es crecer en vida,
gozar, reír y llorar intensamente.
Si tropiezo de nuevo y caigo,
me levantaré de nuevo y seré más fuerte.

### El principio…

Todo principio tiene un final,
los pasos dados te llevan a algún lado,
todo lugar es el final de una senda caminada…
esa senda es enseñanza en lo vivido.

El mañana llega en un hoy afortunado…
del hoy se convierte en ayer vivido…
ese ayer es un recuerdo añorado…
 memoria selecta de lo mejor que eres hoy.

Unos estamos más tiempo que otros…
otros dejan más herencia de legado al mundo…
más son aquellos espectadores dan ese testimonio…
y como yo que sobrevivo el día amando todo.

En amar a todo conocido incluso a tu enemigo;
ese que arrebata en seño egoísta
ese que no comparte vivencia,
aquel al no dejar herencia… ese está muerto.

### Algo nuevo…

Es un nuevo empezar, en un nuevo horizonte que esperar.
Es un camino nuevo que caminar, hay un nuevo idioma que hablar.
Todas las historias que puedas contar sobre tu ambición en valentía y confiar en lo que vendrá.
Pues por más mala que sea la noche, pasará y al día siguiente habrá un despertar por la mañana.
Es buscar un nuevo amanecer, un nuevo emprender, entrar y confiar para aprender que con vida en ti hay esperanza.
Es buscar renovarse o morir en el intento, poner en manos de Dios tu aliento… y confiar que se hace lo que se puede con lo que se tiene….
Es buscar en la experiencia del pasado para dejar atrás lo malo y enfrentar con alegría el futuro.

**Las Guerras de Hoy**

Las guerras de antaño en heroísmos de conversaciones se peleaban por la libertad de una bandera, por cuidar la patria. En esos combates de fuego y metralla hay sobrevivientes de holocaustos que marcaron la historia donde la gente moría en el campo de batalla; los afortunados quedaban lisiados de un miembro y muchos inclusive del alma… esos que en un deseo liberador caminaron para construir de nuevo en pos del anhelo de un mundo mejor.

Hoy las guerras son diferentes, los blancos a atacar son otros, los puntos para hacer daño al enemigo son objetivos que atacan el bolsillo. A pesar de lo eficiente y profesional que seas, te pegan en el fondo de lo más importante de una persona. El golpe viene a la autoestima, esa que es un defecto que el sistema estatal y financiero está determinado a eliminar.
La esencia desatadora que se busca es el espíritu feliz, la intención es crear soledad para depender de la mercadotecnia en una guerra de guerrillas en el hogar.

Las tarjetas de crédito son balas de la moderna tienda de ralla; los bancos y las corporaciones son los amos, esos generales que sustentan las batallas como sea para mantenerse en un mundo muy frío. Las guerras de hoy son económicas, son ataques al alma de los tuyos y en el hecho de enfrentarnos unos contra los otros, en tu casa se disputa el todo, por una hogaza de pan.

**Cuando duele el alma...**

Cuando duele el alma y el espíritu está débil,
se arranca un pedazo de tu ser,
se desfigura el amanecer
y se sentencia el propósito.

Cuando duele el alma,
se pierde la fuerza de voluntad
se deja ir la esperanza de concretar,
se deja de ser.

Cuando duele el alma,
no hay forma de prosperar,
duelen los pasos al caminar,
en el dolor uno ya no existe.

Cuando duele el alma,
la vida no tiene sentido,
se vuelve un robo los días
ya que estos pesan demasiado.

Cuando duele el alma,
deja de tener sentido lo que nos rodea,
todo se hace aburrido
y se pierde la suerte de estar vivo.

**Somos como todos**

Pensé que teníamos algo especial, diferente... algo único
entre los dos, diferente y sin engaños,
diferente y sin dudas,
diferente sin reclamos ni dolor;
Sí, qué diferente pensé que era nuestro amor...
Ese que era para ambos tan importante... ¡Eso tan emocionante
que nos hacía a ti y a mi diferentes!
Nos hacía cómplices del secreto más grande... Secreto
que se desbordaba
a voces en nuestro andar de la mano,
en comernos al mirarnos...
en darnos un beso simple o apasionado...
Pero no fue así...
¡No somos diferentes!...
¡Somos como todos!...
¡Como todos nos herimos!

¡Como todos nos engañamos!...
¡Como todos nos gritamos!...
¡Como todos buscamos substituto!...
¡Como todos sabemos que no importamos!...
¡Como todos fracasamos y nuestro orgullo es primero!
¡Qué dolor no ser diferente junto a ti!
¡Qué dolor ver que no tenemos nada especial!...
¡Qué angustia sentir alcanzar el cielo junto a ti y no lograrlo!...
¡Qué dolor el caer de tan alto… por ser como todos!

**Si antes me voy**

Si antes me voy… es la penumbra de la vida,
será difícil, pero piensa en nuestro vivir
goza con nuestro existir,
te pido que festejes nuestro amor.

Eterna nuestra huella será,
en noches de tu soledad
serás una biógrafa de nuestra pasión
por favor continúa viviendo con devoción....

Nuestro sueño feliz será para ti,
es un regalo porque nadie lo vivió así
es la pureza de la consecuencia de la vida
si yo no existo en este plano, siempre estaré en tu ser.

Detalle "Danza cósmica femenina" de Rodolfo May

### No despertar jamás

Se durmió para no despertar jamás,
la esperanza de verle no existe ya,
se llora la ausencia en el decir algo más...
pero se terminó su fuerza vital.

Hoy las veladoras se apagaron,
las estrellas están ahí y no las veo, hay luz incandescente
de un sol frío en donde busco anclar mi consuelo.

Hoy veo que somos un suspiro del tiempo,
siento el paso de mi soberbia humanidad totalmente
finita y sé que sólo tengo seguro lo que llega en una cita
la cual me perseguirá mientras viva.

No importa el tiempo que hulla del encuentro,
es una verdad del existir en la curva de lo eterno. ¡Qué
tormento!, soy un soplo en la inmensidad porque sé que
mi momento tiene un final.

El premio de elegir que nos dieron
tiene un precio que debemos pagar...
es algo duro que no fácilmente puedo aceptar,
es eso de quedarme dormido y no despertar jamás.


### Transparente

Mi soledad no me gusta,
es como desaparecer...
Es un síntoma de ser cristal,
forma de no ser nada en apreciar.
Culmina tu mirada por atravesarme
sin notar que estoy ahí...
Me muevo y no lo notas
es desesperante desaparecer
y no entender que tu no me ves.

## Esa madrugada del domingo 16 de septiembre de 1810

En su pecho un crucifijo y en la cintura una espada…
en su pasado opresión y un futuro incierto en su mirada…
¡todo será mejor ahora!... exclama,
¡por la virgen de este estandarte te lo puedo jurar!

Libertad para tu nacer,
Libertad para tu caminar,
Libertad para tu escoger,
Libertad para tu alma iluminar.

Hombre de Dios que en las armas la Iglesia excomulgó
por querer que todos tuviéramos lo mismo,
¿No es esto lo que Cristo quiso?;
de hereje le acusaron y perdió la cabeza buscando tu libertad.

Libertad para la tierra que te vio nacer
Libertad para desarrollarse al caminar
Libertad para escoger con quién compartir
Libertad para tener un propio país.

Los sueños de Hidalgo nacieron una madrugada
en un grito desesperado…que nos lanzara a la libertad.
Al inicio de esta revolución él no sabía el futuro
y ese domingo se definió que existía uno.

Libertad para tu color de piel,
Libertad para tu senda elegir,
Libertad para tu poder de hacer,
Libertad para tu precioso ser.

Esa madrugada de domingo,
16 de septiembre de 1810 el pueblo lo siguió…
la independencia comenzó; murió Hidalgo…
pero no su sueño; cada vez que piensas,
sientes y gritas ¡viva México!, el sueño sigue viviendo en ti.

Libertad para tu descendencia,
Libertad para platicar tu experiencia,
Libertad para innovar y crear,
Libertad para tu independencia.

**Tu caricia de viento**

Las llamas de tus ojos probaron siempre la grandeza de tu verdad, el fuego de tu vivir que incendia lo que marcó de pasión tu senda, ese calor intenso que toca todavía a tantos de nosotros, en tu sonrisa de herencia divina que se manifiesta en esperanza.
Cuantos fuimos deudos de tu partida…
Cuantos extrañaremos la marca cálida de tu ser; te fuiste dejándonos en un momento frío, oscureciendo todo en la vida…
Nosotros que nos entregamos sin medida en el fuego… tanto que me quemé en tu piel que se fundió con la mía. Hoy tu presencia se refleja en la senda candente de tu paso, yo fui testigo de esa fuerza maravillosa porque ella el alma me tocó,
me marcó en un nuevo rumbo… Me moldeó en felicidad pura… Me transformó en alguien mejor.
Marcas de todo lo que tocaste, dijiste y sentiste…
Huellas indelebles de tu existencia en paso firme por este mundo. Hoy tus pasos no los escucho,
Hoy tu sonrisa no la veo.
Es hoy mi pasar solitario de un nuevo yo que, en ese,
tu recuerdo, veo mi nuevo apreciar del mundo.
Y cuando la brisa en mi andar diario rodea mi camino, siento ese viento ardiente que me toca la piel y me gusta pensar que eres tú quien me acaricia.

"Cantante de Jazz Boys" de Rodolfo May

**Albedrío**

Dios te regaló dones
que tienes por ser humano,
todos te los dio por amor.
Eres lo máximo de la creación,
tienes la capacidad de amar sin temor;
como hombre en pura creatividad,
tienes el mejor obsequio… el poder de elegir.
Tú haces tu camino,
eres libre para escoger qué o quién quieres ser,
tienes opción en tu andar.
Tú escoges en todo lo que hagas,
sí sólo existes o matas.
Al amar al prójimo o al usar las armas,
mal o bien construirás.
Tú eres el arquitecto de lo que decidirás.
En ti esta ser feliz…
a costa del sudor de los demás
o compartiendo lo mejor de tu humanidad, procurando
el bienestar en paz.
Es un soplo divino tu existencia porque eres una página
en blanco
con un potencial infinito,
posees la tinta para escribir en tu literatura, ese es el
mejor regalo del Creador…
tienes libre albedrío.

"La palabra" de Rodolfo May

**El dolor robado**

Hoy la pérdida me duele,
siempre cargaré esto…
No hay para donde huir, ¡sí!…
Lo tienes que vivir…
En una existencia pesada
con azares y deberes de paso.
El dolor estará siempre,
todo el tiempo hiere el alma;
sólo lo controlo con el tiempo…
se diría que uno lo madura.
Mi dolor no desaparece,
sólo lo enfoco dentro de mi alma
y lo intento expresar diferente
en eso de decir lo que siento…
Mi modo está en cómo lo pinto o lo escribo, con colores
de tristeza y tonos de dolor…
y al expresar los trazos firmes sobre el lienzo
como latigazos a mi existencia…
ideas de las letras combinadas,
reflejo de lágrimas amargas…
en el tiempo noto que tengo audiencia
y sin darme cuenta…
estoy moviendo fibras
que otros se ponen
como el mejor saco
que les va en su vida…
y mi dolor se lo apropian,
mi herida se la provocan…
expectantes de mi pintura,
de mi verso o de mi música,
en esa oferta de causa perdida
que se llevó mi musa;
estos bellos ladrones…
que ven todo mi dolor…
y que lo aprecian como la vida
de esta mi alma lastimada en pérdida
y lo adquieran como suyo.

### Desde la Caída

Me falta ver más el cielo...
Me falta buscar más a Dios...
Me falta quererme más a mí mismo...
Me falta lo que buscamos todos...
Me falta amor.
Me falta tener fe...
Me falta la esperanza...
Me falta compasión...
Me falta creer en algo mejor.
Quiero ayudar...
Quiero tener un ideal...
Quiero ver un camino que andar...
Quiero ser luz e iluminar.
Me urge soñar...
Me urge prosperar...
Me urge experimentar...
Me urge tener pasión para dar.
Mi caída me dolió...
Me sentí en desolación...
Mi orgullo se lastimó...
Mi camino de nuevo empezó.
Vi que mi derrota no me mató...
Vi que mi fracaso mil puertas abrió...
Vi mi oportunidad de aprender...
Vi en mi vida un nuevo amanecer.
Me reconstruiré en mi esperanza...
Redimiré mi fe en Dios...
Retomaré la posibilidad de amar...
Me daré permiso de volver a soñar.

### Amistad

Hoy en amistad soy una gran esponja, capaz de absorber mil amigos, hoy soy fuerte gracias a estos afectos.
Soy lo que mis amigos digan de mí.
Soy amor a mí, reflejo en transmisión directa al respeto hacia mis semejantes distinguidos con el sinónimo… de amigo. Soy criticado de espaldas y de frente.
Estoy en un punto en que las críticas hirientes no me hacen daño, aunque sean de una amistad, ya que, si ese es su origen, no me hacen mella, pues yo me abro de capa y en mis abrazos de incongruencia afectuosa recibo lo que venga de quien sea, y en ternura franca, señalo que al respetarnos volvemos a decir amigos. Difícil es aceptar una traición de la carne, en reafirmación constante de que somos seres humanos. Bendita la hora en que caemos en cuenta de la situación de estar vivos y cometer pecados.

Pecados de exceso de vino, de desear mujeres, de abrazar al enemigo,
de compartir una aventura advertida en peligro, de hacer llorar a quien más quieres, de ser metiche y enfrentar los temores y dolores de los amigos. Hay en mi ser un potencial para resolver, para adoptar sus problemas y hacerlos míos; ¡sí, hoy soy una gran esponja!

**Recuerdos Mágicos.**

Los días pasan y encuentro que hoy cumplí años de nuevo, me he vuelto un suspiro nostálgico… cómo ha volado el tiempo.
Aquellas frías mañanas de escuela, cuando Mamá corriendo en bata nos llevaba; los honores a la bandera, el intercambio de estampitas, las batallas increíbles del recreo en el espiro o el futbol.
En aquellas tardes soleadas de juego con mis carritos, con Batman y el Hombre de Acción, aquel que sufría secuestros de mis hermanas, por ser el novio de la señorita Lilí o de sus Barbies.
Con los dos pesos que Papá me daba,
iba a la tiendita de la esquina cerca de casa para comprar los Casares, el Salim o el Chamois. Enfrente del televisor con el Tío Gamboín, saboreaba las Sevillanas, los Twinkies y los Pingüinos, los capítulos de Don Gato, los Cuatro Fantásticos y Astroboy.
Qué largos eran para mí esos días… en bicicleta o en patineta rondaba las cuadras, sin peligro por los vecinos salía a jugar a las carreras; eran ciclos interminables de aventuras en mi imaginación.
Esperando el fin de año y a la Navidad con ansias, ver una y otra vez el catálogo de juguetes de Liverpool, el pedir que me llevaran a las Jugueterías Ara… dictarle a Mamá mi carta a Santa, aquel espíritu generoso que obsequiaba a todos y que en una noche mágica todo lo que pedía llegaba.
No poder dormir con la emoción…era Noche Buena.
Despertar esos hermosos 25 de diciembre a las seis de la mañana junto al árbol, ¡sorpresa!, a romper cuanta envoltura encontrara.
Me pregunto; ¿cómo sabía cuáles eran mis regalos?, entre tantos siempre los encontré con tino, aunque todavía era un niño que no entendía qué era eso de leer.
En los restos de la envoltura de una caja grande, encontré ropa y me decía a mí mismo, ¡esto no lo trajo Santa Claus!, ya que yo le pedí solamente juguetes y pura diversión.
Tengo tan presente a mis padres y tíos… que seguro no habían dormido, jugando felices conmigo y mis primos a las muñecas y armando las pistas de carros.
Y cuando estaba en lo mejor del juego, mi Abuela gritaba: "¡Vengan a comer!". ¡Ah!, el obligado recalentado que de mala gana nos interrumpía…
Con la mágica sazón de Doña Candy… con tan maravillosos sabores todo lo malo se olvidaba. ¡Qué bacalao!, ¡guau, el delicioso pavo!, ¡y lo mejor de todo el festín… la Cocada!…
Dulce que todos atesorábamos, lo escondíamos como la más preciada joya; tardaba cuatro semanas en preparar tal manjar…
Nostálgicas fragancias y sabores… de mí Abuela adorada.

Aquellas Navidades, qué recuerdos; lo que más me gustaba era la fantasía que yo gozaba en creer en la magia. Esa magia que al mundo cambiaba… esa que habitaba en todo tipo de gente y por unos días los llenaba de bondad… esa magia de aroma a amor flotando en el aire.

Qué presentes tengo a los que ya no están, sus voces, risas, sabores, olores y cariños, fantasmas de recuerdos mágicos, trozos de memoria que viven en mí. Hoy que soy hombre y me doy cuenta de que los regalos, la cena, el vestirse elegante o el brindar con champagne, son adornos de esta ocasión. Lo importante es que la magia surge cuando estamos juntos en comunión.

### Ganar la discusión...

Ganaste la pelea y perdimos los dos;
Ganaste la partida... cómo nos dolió;
Ganamos sólo tristeza y desolación;
Ganó el ego... y perdió nuestro amor.

Este juego de ver quién era el más fuerte...
Se salió de control,
y nos lastimamos tanto...
que ahora no sabemos pedir perdón.

Nos alejamos por orgullo
y ya no hay comunicación...
no nos vemos a los ojos,
ahora nos tratamos como extraños.

El triunfo de uno de nosotros...
perjudicó lo que nos queríamos,
dañando lo más sagrado,
rompiendo nuestro corazón.

En la discusión olvidamos
por qué estábamos juntos,
por qué nos tomábamos de la mano...
por qué compartíamos nuestros pasos.

Sólo tú ganaste el argumento,
triunfó el mejor discurso...
No nos respetamos,
y yo perdí tu amor...

**Manos de antifaz**

Son la certeza de que uno está diciendo la verdad;
ademanes insolentes,
de toques ardientes en la piel,
con pensamientos seductores del ser.
Son las manos el mejor contrato
de bendición o sumisión.
Mis dedos en tus labios dibujan palabras no dichas, por
tocar tu faz; ¡golpe en el alma supremo!
Carnaval de caricias que juega debajo de la ropa que lento
la quita por estorbar,
puntos sensibles de piel ardiente.
Aliento agitado al conservar el paso
que ya el sudor se hace presente.
Hoy la luna nos cubre de verdadera pasión
en ese camino de quitar las mentiras del vestido
y dejarnos ver nuestro yo en sensibilidad de carne;
Mascaras que se forman con las manos
para hacer sombra en la piel.
Camino que está hecho de brasas con aroma a vino y
placer.
Mi mundo es la extensión de mi piel en una cadena firme
de eslabones de caricias. Disfraces que pongo en tu
espalda por las sombras de siluetas de luna llena que
ergonómicas forman un mural cambiante en ritmos de
sexualidad.

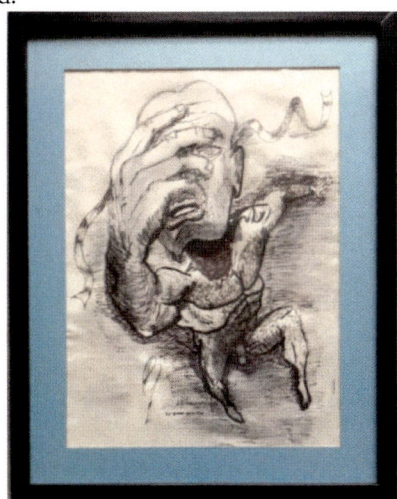

"En busca de tu faz" de Rodolfo May

**Lo sencillo de ti...**

Mi paso necesita tu ritmo de andar...
Mi mano junto a la tuya necesita tu mirar...
Mi sentido es inolvidable en tu despertar.
Es sencillo mi camino si tú estás.
Todo evoluciona sin trabajo pensando en ti.
Es perpetuo lo que quiero decir.
No hay mejor definición que mi camino donde estás. En
tu silueta me marcas en el primer contacto, es el
simulacro celestial.
Todo es inolvidable por tu paso en mi camino...
Todo se deja ser en tu fácil trato...
Todo me deja para darte...
Todo contigo es mi fácil acceso a ser feliz. Paso de poeta,
acorde de músico; lo que me inspira para expresarte mi
ser; es el reflejo que me plasma por tu presencia
en lo que quiero para ti ser.
Qué inmensa gloria es en tus ojos despertar.
Qué dicha es la fortuna de que me ames en tu primer
andar.
Soy feliz en ti y serás el camino para mí....
Somos el encuentro más afortunado,
donde no hay temor, donde no hay traición....
Donde sólo cabe el universo de los dos....
¡Sí! Somos tú y yo...
¡lo sencillo de ti me hace feliz!

"Sexy" de Rodolfo May

## El festín de la vida

El seno de la vida es un manantial de ilusiones
de sorpresa cuando estamos descubriendo el mundo lleno de colores;
golosinas de encuentros de imaginación en juegos que llenan la cabeza
de aventuras perdidas en un sin fin de niñez.

Sentimientos de amor puro y franca sinceridad
de creer en la magia de un mundo creado para ti.
En el ardor de un picoso sabor, contagiamos la pérdida del control con
lágrimas de la alegría de no parar de reír…

En la fiesta precisa de esa maravillosa juventud
que me bebo a manos llenas… con sabor a sexo puro de entrega y
hormona nostálgica en pasos contemplativos de belleza sin fin de
suspiros propios y ajenos.

Los matices de las estrellas, el vino y la luz de las velas contrastan con
las majestuosas frutas
que la mañana entrega en colores intensos de calor de sol, bañadas de
vida entera con sabor de paraíso.

Siguen los días entrando a mi boca de mortalidad,
insaciable me quedo sorprendido y enamorado de las melodías que
comen en mi oído, en notas que dan alimento al alma; devoro la pista
de baile y mis pies no pueden dejar de moverse con el ritmo invitante.

Se confunden nuestros cuerpos en este tango de sabor a vida y en la
BODA en que nos amamos… en lances de movimientos perfectos en
seducción.
Tu figura es la que me estimula a buscarte en pasos dibujados de ritmo
frenético que nos lleva uno al otro más cerca.

En un momento se me olvidaron los pasos del baile
que todos nos admiraban y los platos amargos con sabor a medicina…
en donde la música paró, se detuvo nuestro ardor de risa volviéndose
un recuerdo que quiero llevarme, pero no te encuentro, no sé dónde
estás…
Te busco todos los días y no entiendo a dónde o cómo escapaste de la
vida.
Ahora no sé qué sigue en este menú y sigo buscando alguien me dé
respuestas; y el Creador no me escucha, pero no pararé hasta tener mi
revancha expuesta en felicidad.

La vida hay que comérsela cruda pues a veces contiene sal, otras veces es dulce como el mejor postre y también es amarga con tragos de vinagre que nos hacen llorar… pero al fin al cabo, es un divino festín estar vivo…

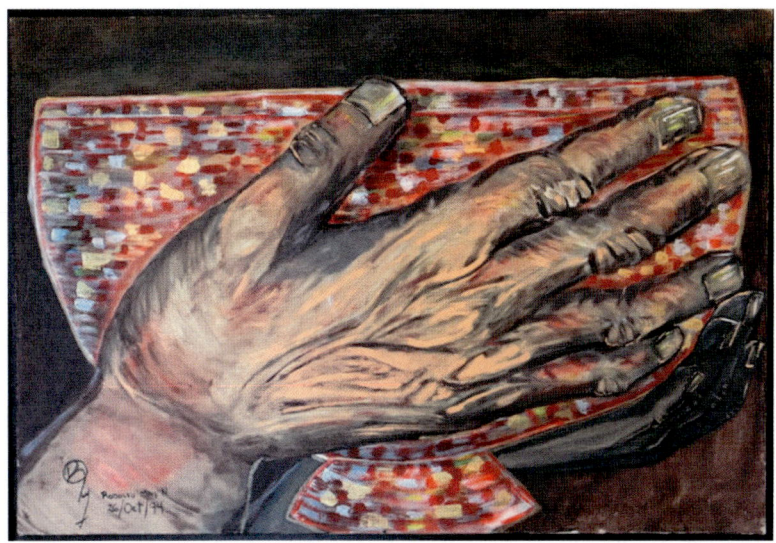

"La ofrenda" de Rodolfo May

**¡Lo que no sé y lo que sí sé!**

Mira, yo no sé sí serás mi pareja,
no se sí nos enamoraremos,
no se sí nos complementaremos
en la lista del mercado o al hacer el amor.

Lo que sí sé es que
si no me arriesgo a conquistarte,
a entenderte,
 a enamorarme,
a besarte
y a compartir lo que soy...
jamás podré saber si eres mi yo y mi yo sea de ti.

Detalle de "Mis vicios "de Rodolfo May

**Si…**

Si… yo invente todo;
invente que me amabas,
creé el sueño de que nos queríamos mucho
fantaseé con la ambición de estar juntos.

Si… juré que me necesitabas,
me imagine que no querías vivir sin mí;
pensé que decías que me amabas a todo el mundo,
yo escribí cual novela nuestro agotador tormento.

Si… fui el inventor del amor de cuento
que procure creer que existía hasta hartarme
en una sumisión que sobrepaso la realidad,
de mi fantasía a esa desilusión de mi mentira.

Si… narre los aromas de la historia,
invente los caracteres enamorados;
crie los regalos y las flores de romance,
imagine en todo lo nuestro como amor eterno.

Si… yo tenía tanto amor que dar,
¡que se me desbordaba tanto querer!
suficiente para los dos
en mi ilusión de entrega total.

Si… en mi pasión por tener algo importante
di todo y no salió como pensé,
en mi prisa por enamorarme se me olvido ver
que en pareja tu tendrías que dar también.

**La virtud de cerrar círculos**

Sé capaz de cerrar círculos, pues mientras más hagas,
más virtuoso serás en la totalidad de tu persona,
recuerda que terminar lo que uno inicia
es la verdad de lo mejor que tú eres:
constante, disciplinado, audaz, tesonero y valiente,
esto es lo que se refleja en lo que eres tú;
la última caricia,
la última lágrima,
el último esfuerzo,
tu último trabajo,
tú última relación,
tu último sexo,
tu último verso,
tu último pensamiento.

En fin, es ser lo que representa el último cierre del círculo que emprendiste.

Recuerda que sólo no se equivoca el que no emprende nada.

Les deseo que cierren todos los círculos que emprendan
y que lo hagan intensamente con éxito.

"Dirigiendo la Rapsodia en Azul" de Rodolfo May

Rodolfo May es un hombre sensible que busca transmitir un mensaje de esperanza, observa la condición humana en cuanto a sus percepciones del alma en amor y dolor que expresa a través de sus poemas y pensamiento de una manera simple en un lenguaje transito que nos hace reflexionar sobre nuestra humanidad con expresiones de la palabra común de uso cotidiano, como dijera el maestro José Antonio Cossío JR, "la poesía de Rodolfo May está hecha desde el alma en un lenguaje urbano y común que conecta con el alma de cualquier espectador."

La obra "Camino y poesía", es la suma de la cosmovisión del autor que nos comparte de su experiencia en una verdadera crítica de sí mismo que expone para compartir sus temores, críticas sociales, amores, fobias que se manifiesta en un desnudo total del alma para conectar con más almas que quieran robarse esos versos y hacerlos propios en su vida cotidiana. El autor busca que el espectador se ponga en cual traje a la medida estas expresiones que comparten en su andar.

"Camino y poesía" es una entrega al desnudo de conceptos, visiones y crítica por medio de su pluma de los pensamientos más íntimos de testimonio del autor en su pasar por esta existencia.

Made in the USA
Coppell, TX
04 February 2025